Neues von "Herrn Hämpfel"

AF285484

Das Vorderhaustürtier
plaudert
aus dem Nähkästchen

In bewährter Weise übersetzt von

Anna Dorb

Neues von

"Herrn Hämpfel"

Das Vorderhaustürtier plaudert aus dem Nähkästchen

In bewährter Weise übersetzt von
Anna Dorb

Bibliografische Information der Deutschen Nationalbibliothek
Die Deutsche Nationalbibliothek verzeichnet diese Publikation in der
Deutschen Nationalbibliografie; detaillierte bibliografische Daten sind im
Internet über http://dnb.d-nb.de abrufbar.

ISBN: 978-3-8370-3956-6

Gesucht? - Gefunden!

Liebe Leser!

Aufgrund der großen Nachfrage bezüglich einer Fortsetzung meines Büchleins: „Haben Sie den Herrn Hämpfel gesehen?", machte ich mich flugs an die Arbeit um Ihnen den weiteren Verlauf meines Daseins, auf den folgenden Seiten präsentieren zu können.

Völlig geschafft und erledigt von den Anstrengungen und Strapazen, die das Mitwirken an diesem Werk hervorriefen, erlaube ich mir nun höflichst, meiner Lieblingsbeschäftigung nachzukommen und wünsche unterdessen allen Lesern, viel Vergnügen und spannende Unterhaltung bei der Lektüre desselben.............

7

Kuckuck und holdrio! Ich bin´s wieder.
Der „Herr Hämpfel".
Wenn auch mittlerweile etwas gealtert und leicht
angeschlagen, so kann ich doch erfreulicherweise berichten,
dass es mir, sehr gut geht und ich immer noch
„ganz gut beieinander" bin.

Ergänzend muss ich an dieser Stelle vielleicht hinzuzufügen,
dass sich bei mir eine schleichende Vergesslichkeit bemerkbar
macht, doch das stört mich selbst überhaupt nicht.
Was ich wissen muss, das weiß ich und wovon ich nix wissen
will, das brauch ich mir nicht zu merken Punkt!

Und außerdem finde ich, dass meine „Speicherkapazität"
durchaus noch reicht für das eine oder andere, das ich wissen
sollte.
Hauptsächlich fallen mir jedoch Geschichten von früher ein.

Sehr gut kann ich mich zum Beispiel an den „Schwarzen" mit
dem roten Halsband erinnern, der „Morli" gerufen wurde
und mir eigentlich 'eh nur dauernd auf den Wecker ging.

Aber dieses Thema hat sich dann, ganz ohne mein Zutun
erledigt.
Die „Morlibesitzer", das sind die, die immer von der hohen
Mauer runtergeguckt haben, packten eines schönen Tages
ihre „Köfferle", haben eines von den riesigen „Wesen

8

aus Blech" bestellt, das ihr Hab und Gut mitgenommen hat und sind mitsamt dem „Schwarzen" fortgezogen.
Es hieß, dass „Er", also der „Mauergucker" die Treppen bald nicht mehr gehen könne und deshalb in eine Wohnung gezogen ist, die er mit einem Aufzug erreichen kann.
Ich hab zwar keinen blassen Schimmer, was ein Aufzug ist, aber für ihn schien es richtig wichtig gewesen zu sein.

Später hieß es, dass es den Morli nun gar nicht mehr geben würde.
Es wurde erzählt, dass er ja schließlich extrem alt geworden wäre und es so vielleicht besser gewesen sei, zumal er zum Schluss gar nichts mehr sehen konnte, auch keine Zähne mehr gehabt habe und nur noch mit Vitamintabletten und Aufbauspritzen am Leben erhalten wurde. Der Arme!

Also, wenn ich´s mir recht überlege und mich mit ihm vergleiche, dann habe ich bis dahin doch noch ganz schön viel Zeit.

Aber dass der „Schwarze" nicht mehr hier war, also hier bei mir vor Ort, das war auch für mich eine enorme Umstellung.
Und nicht nur positiv.
Mal ganz abgesehen davon, dass dieser Stinkstiefel, Pardon, dieser Kontrahent, mich nicht mehr nerven konnte, das war ja ganz angenehm, doch sollte es auch negative Auswirkungen mit sich bringen.

Denn zeitgleich mit dem Verschwinden vom „Morli", war auch das obligatorische, reichhaltige Büfett unauffindbar. Und nicht nur das.

Unsere Katzenklappe wurde entfernt und das damit entstandene Loch, komplett zugenagelt. Sie war einfach nicht mehr da. Ja wo gibt´s denn so was? Die hat doch nun wirklich keinen gestört. Und wo bleibe ich?

Also außer bei meinen „Wahlzweibeinhabern", die immer aus meiner Türe rauskommen? O.k. die sind schließlich für mich zuständig und ich mag sie recht gerne leiden. Zum Futtern bekomme ich da ja auch genug und die Streicheleinheiten, sollten ebenfalls nicht weniger werden. Und doch muss ich sagen, irgend etwas fehlte mir einfach.........

Es hatte sich plötzlich so vieles verändert. Nix ist mehr so wie es früher mal war und wenn sich gewohnte und für mich bequeme Dinge, ins negative verändern, tue ich mir damit schon sehr schwer. Meine Devise, bei diesem heiklen Thema lautet nach wie vor: „Abwarten und drüber schlafen".

10

11

Viele Dinge sollen sich im Schlaf ja von ganz alleine erledigen. Nur *meine* Probleme leider nicht. Ich musste mich an diese neue Situation gewöhnen, ob ich nun wollte oder nicht.

Dem Himmel sei Dank, gab es gleich wieder Neues zu entdecken, denn kaum waren die einen ausgezogen, kamen welche, die sehr geschäftig getan haben und ganz viel rumfuchtelten.
Dann wurde es ziemlich laut und mit sägen, hämmern, bohren, nageln und klopfen ging es Tag ein und Tag aus.

Ich bin ja nur froh, dass ich generell ganz gut zu Fuß bin, denn so konnte ich einfach davonlaufen und kam nur noch nach Hause, wenn wieder Ruhe eingekehrt war, oder halt, wenn ich Hunger hatte.
Und das war ja schließlich immer noch oft genug.

Ich muss schon sagen, am Anfang, als die „Morlibesitzer" weggezogen waren und ich von dieser Seite nichts mehr erwarten konnte, hatte ich große Angst, dass ich überhaupt noch jemals wieder satt werden würde.
Diese Bedenken sollten sich jedoch als absolut überflüssig herausstellen. Genauso, überflüssig wie einige Pfunde auf meinen Hüften, die ich noch heute mit mir herumschleppe. Entgegen allen Erwartungen verlor ich nämlich kein einziges Gramm an Gewicht.

Meine mich jetzt „Alleinernährer" deuteten schon an, dass ich
bestimmt noch eine weitere Futterstelle hätte, weil es doch
nicht sein könne, dass ich immer noch so dick sein würde,
obwohl die Nachbarn nun fort waren.
Andererseits, so hatte „Sie " schon mehrfach
betont, würde meine Figur einfach daher kommen, dass ich
halt einer ganz bestimmten Rasse angehöre, die eben so
dicklich wirke.
„Er" sagt dann immer nur: „Ja, ja. Ist schon recht." dreht sich
um und schüttelt, wie zumeist mit dem Kopf.

Aber ich muss ehrlicherweise eingestehen, mir kommt es
eigentlich auch, nicht mehr ganz geheuer vor.
Zumal ich vor allem in der Früh, oder sobald es eben etwas
gibt, ohne Sinn und Verstand, alles was angeboten wird,
in mich hineinschlinge und kurz darauf wird mir dann so übel,
dass ich das mir gerade Einverleibte, auch gleich wieder los
werde.

Das Gefühl „satt", kenne ich schon lange nicht mehr.
Entweder ich bin hungrig, - oder mir ist schlecht!

Liegt es vielleicht daran, dass ich zuviel auf einmal möchte?
Habe ich Angst, dass ich nichts mehr bekomme?
Oder denke ich, dass es mir ein anderes „Viecherl" wegschnappt,
wenn ich etwas übrig lasse?

13

Es muss doch irgend eine Erklärung hierfür geben.
Ja, ja. Ich weiß schon. Da mir körperlich nichts fehlte,
spielten meine Besitzer auch hier und da schon mal mit dem
Gedanken, mit mir zu einem *Tierpsychologen* zu gehen.
So etwas soll es ja wirklich geben.
Aber ich bin doch nicht verrückt!!!!!

Außerdem reicht es ja schon, was meine „Trösterin" mit mir
veranstaltet hat.
Sie erzählte einer Freundin von meinem „Gebrechen" und da
diese große Kenntnisse hatte, im Bezug auf „heilen mit
Steinen", gab sie ihr einen solchen mit, der dieses Problem
hoffentlich lösen, oder doch wenigstens mildern sollte.

Meine inzwischen „Stoarndlkramerin" gerufene, schmuggelte
mir diesen also heimlich unter eine meiner Schlafstellen und
wartete ab, was passieren würde.

Das war an einem Freitagabend. Und tatsächlich verspürte ich
eine Wirkung, zunächst ohne zu wissen, woher diese kam.
Denn an diesem Wochenende hatte ich keinen einzigen
Bissen angerührt.
Ich konnte es mir auch nicht erklären, doch ich stand da vor
meinem Napf und hatte einfach keinen Appetit.

Nichts konnte mich dazu verleiten, etwas zu mir zu nehmen und auch die nächtlich vorbeikommenden kleinen, grauen „Appetithäppchen", vermochten es nicht fertig zu bringen, diesen ungewöhnlichen Zustand zu verändern.
Kein Hunger, kein Appetit.

Aber ob das der richtige Weg war, meine Fresssucht zu kurieren?
Na, ich glaube ja nicht, dass ich für so etwas geeignet bin.
Fasten meine ich.

Allzu viele Sorgen hätte ich mir diesbezüglich jedoch gar nicht zu machen brauchen, denn es hielt nur an dem einen Wochenende und bereits am darauf folgenden Montag, als mir wieder jene Schonkost gereicht wurde, die ich eigentlich so verabscheute, dachte ich mir:
„Not kennt kein Gebot."
Die weichen Bröckele waren umhüllt von einer gar leckeren Sauce, die ich alsbald abschlabberte und der daraufhin einsetzende Appetit, verführte mich dazu, auch noch die etwas festeren Bestandteile aufzufuttern.

Und so kam es, dass die wohl gravierendste Veränderung in meinem Fressverhalten die war, dass ich seit dem, zwischendurch auch mal ein solches Gericht zu mir nehme.

Ein Suchbild?
Nein, nicht wirklich.
Wohl eher ein unbewusster Versuch,
seine Leibesfülle kaschieren zu wollen.

16

Die eigentliche Therapie jedoch, die mir auferlegt wurde, war die, dass ich nur noch Kleinstportionen gereicht bekomme, auch wenn ich noch so Mitleid erregend gucke und maunze. Ich wurde einfach auf Diät gesetzt, ohne dass mich wer um Erlaubnis gefragt hätte.
Vor allem aber darf der Erfolg angezweifelt werden, denn der war, zumindest hinsichtlich meiner Figur, auch bei näherer Betrachtungsweise, überhaupt nicht zu erkennen.

Nach einiger Zeit, die ich alleine in Haus und Hof verbringen konnte, machten sich weitere, nachbarschaftliche Veränderungen bemerkbar.
In dem Gemäuer, in dem die „Morlibesitzer" wohnten, zog ein älterer, allein stehender „Zweibeinhaber" ein, der nur in den warmen Monaten hier wohnt und schon deshalb kaum auffällt. Nur einmal, ziemlich am Anfang, hatte er eine Feier veranstaltet mit einigen von seinesgleichen und da war es auch mal ziemlich laut.
Sie lachten und unterhielten sich auf der Terrasse, auf der ich früher viel Zeit verbracht hatte. Das war ja nicht weiter schlimm. Nur, dass die eine Art Wettbewerb bestritten und mit so krummen Stöcken, auf eine runde Scheibe mit aufgemalten, Kreisen schossen, dass es grad so paffte, das tat dann schon ziemlich weh in meinen Ohren und ich suchte mal wieder das Weite.

Irgendwie hat mich das an meine schlimme Nacht erinnert, als ich im Nebengebäude eingeschlossen war und wo auch ewig lange herumgeballert wurde.
Nur haben die jetzigen „Ballermänner", mit Einbruch der Dunkelheit, damit wieder aufgehört und es kehrte die gewohnte, himmlische Ruhe ein.

Ganz im Gegensatz zu dem Haus, das noch etwas weiter hinten steht. Denn da zog die Ruhe aus und gleich eine ganze Familie ein.
Seit dem ist da nun auch mal endlich etwas Leben in der Bude, denn zuvor ist hier absolut gar nichts gewesen, außer leerem und langweiligem Gemäuer, das zu allem Überfluss auch noch abgesperrt war. Welche Verschwendung!

Aber jetzt wurden sie endlich belebt. Und mit dieser Familie kam auch noch Ersatz für den „Schwarzen" mit dem roten Halsband. Besser gesagt – welch Überraschung, gleich zweimaliger!

Es handelte sich um zwei kleine, ziemlich junge, schwarz/ weiße Kätzinnen, von denen die eine noch mickriger, als die andere war. Oder sehen die nur so jung aus, weil sie so klein waren? Was auch immer.
Auf jeden Fall war mir sofort klar, dass *diese* beiden keinerlei Konkurrenz für mich darstellten. Im Gegenteil.

Neuzugänge in der Nachbarschaft

Nun konnte ich prima beweisen, wer hier der Chef auf dem Gelände ist, ohne dass ich mich unnötigerweise in Gefahr begeben müsste.

Wobei, also wenn keiner zusieht und die zwei über meinen Hof laufen, lasse ich durchaus Milde walten und tue ihnen gar nichts.

Doch einmal, als die etwas größere, (was heißt hier größer, pffffft!), vorbei kam und mein „Michbeobachter", der immer aus *meiner* Türe rauskommt, im Garten auf seinem Lieblingsplatz in der Sonne saß und so interessiert zu uns herüber schaute, als wolle er wissen, wie ich nun auf diesen fremden Eindringling reagieren würde, saß ich in der Bredouille und ich musste ihm zeigen, was ich kann.

So nahm ich also Stellung ein und fauchte schon mal ganz bedrohlich in die Richtung der „Spaziergängerin".

Die stoppte kurz und ich sah förmlich die Fragezeichen über ihrem Kopf. Sie fragte sich, warum ich sie plötzlich anfauchte, wo ich ihr doch sonst kein Ungemach zufügte.

Doch mein „Zuschauer" war jetzt noch aufmerksamer und wenn ich mein Gesicht wahren wollte, blieb mir nichts anderes übrig, als den „Revierverteidiger" herauszukehren und musste über das arme Wesen herfallen, dass die Fetzen grad so flogen.

Die arme kleine schrie ganz laut und vor Schreck erstarrt, ließ ich wieder von ihr ab.

Völlig geschockt und verängstigt lief sie schnell davon und

ich saß da, wie ein „Grottenmolch" mit einem Büschel
schwarz/weißer Haare in der Gosche.

21

Was soll ich sagen? Ich hatte ja gar keine Lust anzugreifen. Aber ich muss doch unter Beweis stellen, dass ich hier das Sagen habe und nicht irgendwelche dahergelaufenen, fremden „Grazien", die nur meine Gutmütigkeit ausnutzen wollen.

Aber vielleicht wollen sie etwas ganz anderes von mir? Eventuell würde es mir sogar gefallen? So, wie die beiden immer um mich herumscharwenzeln, könnte ich mir das schon vorstellen. Nur- aufgrund meiner Behinderung, die mir, wie bereits weithin bekannt, durch diese Katzenaktivisten zugefügt wurde, wird mir das leider nicht möglich sein. Eigentlich schade. Tja, Mädels! Pech gehabt. Zu einer Familiengründung müsst ihr euch einen anderen suchen.

Ich für meinen Teil, werde mich also weiterhin auf die Verteidigung *meines* Anwesens konzentrieren und damit habe ich ja schließlich auch alle Pfoten voll zu tun.

Abgesehen von den kleinen, grauen „Appetithappen" auf vier Füßchen und den „Hopplern" mit dem buschigen Schweif, lernte ich auch kleine, kugelige Wesen kennen.

Deren rundlicher Körper ist von vorne bis hinten, übersät mit langen Stacheln und wenn ich in ihre Nähe komme, rollen sie sich zusammen und ich kann sie nicht mal anpatschen, weil sie mich sonst ganz arg pieksen würden.

Die sehen aus, wie zu heiß gewaschene Stachelschweinchen. Wenn sie mit ihren kurzen, krummen Beinchen versuchen wegzulaufen, könnt ich mich immer wegschmeißen vor Lachen, weil es so ulkig aussieht.
Und man muss sich schon wundern, dass sie mit ihrem kurzen „Fahrgestell" doch so schnell unterwegs sein können.

Außerdem habe ich den Verdacht, dass sie offensichtlich nicht besonders gut sehen können.
Denn wenn sie den Hof überqueren, haben sie immer ihren „Riechkolben" so dicht am Boden, als würden sie sich so, ihren Weg erschnüffeln.
Wenn sie dann noch merken, dass vermeintliche Gefahr drohen könnte, hoddeln sie noch schneller davon und quietschen dabei, als ob sie Sand im Getriebe hätten und man glaubt, sie etwas ölen zu müssen.
Doch selbst wenn sie sich mal über eine von meinen extra Portionen Milch hermachen würden, ich hätte nichts einzuwenden.

Denn, was auch immer diese Igel tun - es ist für mich stets eine
wahre Freude, ihnen dabei zuzusehen.

Gar nicht zu vergleichen mit dem Sonderling, von dem ich nun erzählen werde.
Freilich ist mir klar, dass er selbst ja gar nichts dafür kann, wenn er auf mich *besonders* unsympathisch wirkt,
nur, weil er nun mal nicht mit so viel Schönheit gesegnet ist, wie *ich* es bin.

Doch trotz meines Verständnisses für die Launen der Natur wird mein Bericht über diesen Zeitgenossen nur wenig Platz und Zeit in Anspruch nehmen.

Es geht um „Schrum".
Und bei Schrum handelt es sich um eine Erdkröte, die doch in der feuchten, schweren Erde lebt und deshalb eigentlich auch nur selten zu sehen sein dürfte.
Doch wenn es viel geregnet hat und alles nass und klamm ist, kann es schon mal vorkommen, dass er sich hier und da, an die Oberfläche traut und somit gesichtet werden kann.

Doch dabei muss es sich wohl um ein Versehen seinerseits handeln, denn jedes Mal, wenn das der Fall ist, watschelt er im Zeitlupentempo, hilflos und verwirrt umher, und erweckt den Eindruck, dass er dann doch möglichst rasch wieder dahin zurück möchte, wo er her kommt.
Ich persönlich würde es *sehr* begrüßen, wenn er für *immer* dort bliebe und gar nicht erst in meine Nähe käme.

Eine Laune der Natur und das nicht nur wegen der Figur.

26

Wenn er sich also einmal verlaufen hat und entdeckt wird, deponieren ihn meine „Sicherheitsbeamten", sofort zwischen Baumstamm und Mauer oder hinter dem Komposthaufen, weil sie glauben, sie müssten ihn vor mir in Sicherheit bringen, indem sie ihn eben an eine für mich, unerreichbare Stelle absetzen.

Ja glauben denn die, mir graust´s vor gar nix?
Ich bin doch froh, wenn ich dieses kleine, fette, schmierige, verwarzte Getier, nicht ansehen, geschweige denn berühren muss!
Brrrrrrr! Reden wir lieber von etwas anderem.

Wie inzwischen allgemein bekannt sein dürfte, bin ich, wenn überhaupt, dann doch eher nachtaktiv.
Und das sollte sich für die „Hausgäste", die da immer kommen und gehen und ein „Wesen aus Blech" dabei haben, zu einem großen Vorteil erweisen.
Denn wenn denen etwas am Herzen liegt, dann ist das nicht die offen stehen gelassene, fremde Haustüre, das zurückbringen ausgeliehener Regenschirme, oder die teilweise miserable Behandlung von Dingen, die ihnen nicht gehören. Nööööö.
Das einzige, was sie emotional noch zu berühren scheint, ist das Wohlergehen ihres fahrbaren Untersatzes.
Dem darf auf gar keinen Fall *irgend etwas* passieren.

27

So. Und jetzt komme ich ins Spiel, denn wenn es dunkel ist, die meisten Lichter in den Fenstern der Umgebung erloschen sind und es ganz still wird, dann kommen sie heraus.....
Die Marderbestien!
Ich meine, dass sie die von den Ausfahrten, noch warmen Motorhauben als Sitzplatz bevorzugen, kann keiner besser verstehen als ich.

Aber genau aus diesem Grund, dass sie eben damit *meinen* bevorzugten „Abendausguck" streitig machen würden, sehe ich nicht ein, sie gewähren zu lassen.
Und so wird der hauseigene Parkplatz, vom fähigsten Wesen auf der ganzen Welt, vor Marderschäden geschützt.
Nämlich von mir!

Eines Nachts war es also soweit, dass sich ein Marder hierher auf meinen Hof traute und auf einem der „Wesen aus Blech" herumturnte.

Er kraxelte von vorne nach hinten und von hinten nach vorne und mit dem leisen, kaum hörbaren Getrapse fühlte ich mich auf den Plan gerufen.

Da ich zu diesem Zeitpunkt ja noch gar nicht wusste, um wen oder was es sich bei diesem nächtlichen Eindringling handelte, schlich ich mich hinter der Rosenhecke ganz leise an und blieb vorsichtshalber, mit gebührendem Abstand stehen.

Der Marder kam gerade die Windschutzscheibe herunter gerutscht, (woher kannte er *das* denn nun wieder?) und als er mich erblickte, blieb er am äußersten Rande, plötzlich wie angewurzelt stehen.
Geistesgegenwärtig fauchte ich ihn an, zeigte ihm meine spitzen Beißerchen und schwenkte meinen Schwanz bedrohlich, rüber und nüber.

29

Damit war er wohl mehr als bedient, denn nach einer kurzen Schrecksekunde ging er zunächst gaaaanz laaaangsaaaam und vorsichtig den gleichen Weg über das Dach und den Kofferraum zurück, um dann, in einem immer schneller werdenden Spurt, fluchtartig *mein* Grundstück zu verlassen.

Dem nächtlichen Spektakel etwas Nachdruck verleihend, bin ich ihm noch ein kurzes Stück hinterher gehechtet.
Aber ich denke, *der* lässt sich hier, auch ohne weitere Tätigkeiten, nicht mehr so schnell blicken.

Spätestens seitdem, war mir bewusst, dass ich gar nicht kämpfen musste, um mir Respekt zu verschaffen.
Alleine mein Anblick, der offensichtlich sehr Angst einflößend sein muss, scheint zu genügen!

Soviel also zu dem Getier, das hier kreucht und fleucht.
Aber es gibt noch andere Lebewesen, die mich des öfteren aufsuchen.

Die sind zwar zunächst winzig klein, doch wenn sie erst einmal angedockt haben, dann saugen sie sich voll und wachsen um ein Vielfaches, ihrer eigentlichen Größe heran.
Prinzipiell sind auch die kein Problem für mich, denn ich bin ja geimpft, (wogegen auch immer), und wenn sich doch einmal einer fest gezutzelt hat, entfernt ihn mein „Leibeigener" mit seiner Zeckenzange.

30

Das funktioniert auch immer recht gut.

Bis auf einmal. Da saß einer von denen direkt auf dem Grat, eines meiner Öhrchen und war auch schon ganz schön herangewachsen.

Meine, mich immer auf Zecken „Untersuchenden" sagten, nachdem sie ihn entdeckt hatten: „Igittigitt. Das sieht ja aus wie eine Warze!" und „Bäh, wie grauslig".

Anschließend wurde erst wieder ich in die Zange genommen und dann der Zeck. .

Doch der Zeck wollte nicht weg!

Er hatte sich so dermaßen festgebissen und saß eben an einer so blöden Stelle, dass es unmöglich war ihn zum ablassen zu bringen.

Mir war das ganze Zenober inzwischen auch schon äußerst unangenehm und ich wand und drehte mich, damit sie mich endlich wieder in Ruhe ließen, was sie schließlich auch total entnervt taten.

Ich dachte mir, lieber blöde aussehen mit einem Knopf am Ohr, als in Zukunft nur noch mit einem halberten Ohr.

Offensichtlich hatte jedoch der unwillkommene Minivampir, durch diesen operativen Eingriff Schaden genommen, denn an den folgenden Tagen wurde der Zeck erst immer kleiner und schrumpeliger, dann ganz schwarz und schließlich fiel er von alleine ab.

Je näher der Sommer kam, desto trockener und dürrer wurde das restliche Laub unter meinem „Sommersitz", das vom Vorjahr übrig geblieben war.

Die Gemütlichkeit, die sich sonst immer darin verbreitete, war dahin und obwohl ich doch in einem weltberühmten Luftkurort lebe, hatte ich nun Bedenken, dass ich mir in diesem bröseligen Haufen, eine Staublunge holen könnte.

Meine „Lebensberater" haben dem sofort Abhilfe geschaffen, indem sie das alte, zerfallende Laub entfernten und durch frisch geschnittenes Heu ersetzten, das sie von einer ihrer Ausfahrten mitbrachten.
Wow. Wie das duftete. Wie „a gmahde Wies´n".
Oder auf Hochdeutsch: „Wie eine gemähte Wiese."
So kam auch ich in Zeiten, wo sich alles um Wellness, Erholung und Stressbewältigung dreht, völlig kostenlos, in den Genuss eines „Heubades".

Darin schlief ich *noch* besser und tiefer als sonst und meine „Bademeister" erzählen schmunzelnd, dass ich wohl der einzige „Kurgast" sei, der *keine* Kurtaxe bezahlen muss.
Ach, welch ein Segen! Hab ich´s nicht schön?

Sobald die ersten Blätter wieder auf den Boden fallen und aus diesen ein frischer Laubhaufen gebildet werden kann, darf ich wählen zwischen Heuboden und Laubbett.

Die Entscheidung, wo ich mich niederlassen möchte, fiel mir zunächst überhaupt nicht leicht.

Jedoch hinsichtlich der gegebenen Umstände, dass das Heu etwas überdacht ist und das Laub nun nicht mehr, mache ich die ganze Sache einfach abhängig vom Wetter.

33

Ich beschloss also, bei überwiegend trockener Witterung den Laubhaufen zu beehren und mich bei einsetzendem Regen in das Heubad zurückzuziehen.

Da sag doch noch mal einer, ich wäre nicht ganz gescheit!

Eines Tages machte ich schon wieder eine neue Entdeckung.
In meinem Wassertrog, der vor einem riesigen Regenfass
steht, befand sich ein kleines Ästchen.
Ich habe mir dabei eigentlich gar nichts weiter gedacht und
wie immer, wenn ich durstig war, bin ich meinem Bedürfnis
nachgekommen und habe mich durch diese „Beilage",
nicht weiter stören lassen.

Meine „Ordnungsliebende" war jedoch keineswegs so
tolerant und nahm es bei nächster Gelegenheit heraus,
reinigte , wie so oft, meinen Trog und füllte ihn mit frischem
Wasser wieder auf.

Tja, so viel zu dem.
Nur – am nächsten Tag war der Stickel wieder in meinem
Trog und als sich das Spiel bereits längere Zeit wiederholt
hatte und kein Ende absehbar war, fing ich allmählich doch
an, mir den einen oder anderen Gedanken, über dieses zu
machen.

Nachdem ich wieder mal meinen Durst gestillt hatte, zog ich
mich auf meinen „Liegestuhl" zurück und ruhte etwas.
Doch im Halbschlaf konnte ich *sehr* interessante Dinge
beobachten.

35

Zunächst kam meine „Trogreinigerin", entdeckte wieder den
Stickel, nahm diesen erneut heraus und während sie wiederum
frisches Wasser auffüllte, schüttelte sie mit dem Kopf und
murmelte einige, unverständliche Worte, vor sich hin.
Kurz darauf tauchte ihr „Verbesserer" auf, sah die Veränderung,
schüttelte (selbstverständlich), ebenfalls mit dem Kopf und
fügte dem Trog wieder seinen Stickel zu.
Irgendwann später trafen sie zusammen am Ort des Geschehens
ein und nun gab es Anweisungen und somit auch die Erklärung,
für dieses Verhalten.
Der Stickel sollte quasi der Errettung, für im Wasser
gelandete, „unbekannte Flugobjekte" dienen.
Wenn also z. B. eine Fliege, eine Biene oder ein Marienkäfer
aus Versehen darin landet, käme sie doch ohne diesen
„Strohhalm" nicht mehr heraus.
Aber *mit* dieser „Gehhilfe" könnte sie sich an Land
retten, noch bevor sie jämmerlich ertrinken würde oder ich gar
daher käme.
Wieder im trockenen Bereich stünde einem Weiterflug nun
nichts mehr im Wege und das Leben dieser kleinen Insekten
ginge weiter, als sei nichts gewesen.

Das nenne ich wahre „Tierliebe" und ich kennen keinen
anderen „Zweibeinhaber", der auch nur ansatzweise so,viel
Mitgefühl und Verständnis hat für Lebewesen, die der
menschlichen Sprache *nicht* mächtig sind.

37

Und davon gibt es schließlich eine ganze Menge.
Meinereiner z. B. miaut, die, die zu gerne Jagd auf mich
machen, bellen und die Vögel pfeifen ihre Lieder.

Und genau das ist etwas, was ich doch auch zu gerne können
möchte.
Doch so sehr ich mich auch anstrengen mag, ich bekomme
einfach keinen einzigen Pfiff heraus.

Meine gefiederten Freunde sind darin besonders begnadet.
Schon wenn es in der Früh dämmert, geht es los.
Die Amseln, die Grünfinken, die Rotkehlchen und
Rotschwänzchen, die Lerche, der Zaunkönig und der
Dompfaff.
Ganz selten, aber doch immerhin ab und zu, gesellt sich sogar
ein Pirol dazu und rundet das fabelhafte, Konzert ab, das mir
und meiner Umgebung dargeboten wird und seinesgleichen
sucht.
Sie trällern und pfeifen vor sich hin und es klingt, als ob sie
ihr ganzes Leben, nie etwas anderes getan hätten.
Und das auch noch mehrstimmig, in den unterschiedlichsten
Tönen, die hervorragend aufeinander abgestimmt sind und
wunderbar zusammenpassen.

Die Sache hat nur leider einen Haken.

Um in den vollen Genuss der ganzen Vorführung zu kommen, muss ich mich verstecken, denn sobald ich von einem dieser „Piepmatze" entdeckt werde, kippt die Stimmung.

Die Pfeiftöne verstummen, die „Gastsänger" verduften und die Amseln, die im Efeu und in meinem großen Baum Nester für Ihre Brut gebaut haben, fangen an zu schimpfen.
Da wird's aber mal so richtig ungemütlich.
Das ist so laut und so ein Gezeter. Grau-en-voll!

Oft genug gehen auch umliegende Fenster auf und die, in ihrem Schlaf gestörten „Zweibeinhaber" sehen mit zugequollenen Augen nach, wer oder was in aller Herrgottsfrühe, so einen „Affenzirkus" veranstaltet.
Andere knallen die zuvor gekippten Fenster zu, damit sie weiter schlafen können und einmal konnte ich sogar beobachten, wie ein solcher so zuwider war, dass er noch in seinem Schlafgewand gekleidet, eigens herunter in den Garten kam und mit den kleinen Steinchen, die überall im Hof herumliegen, nach den „Ruhestörern" geworfen hat.

Die natürlich nicht getroffenen Amseln, flogen daraufhin noch lauter krächzend, ein paar Meter weiter weg, nur um kurz darauf wieder, extrem motzend zurückzukommen und ihre „Schimpftiraden" fortzusetzen.

Der „Übeltäter" frotzelte noch eine ganze Weile vor sich hin, bevor er sich wieder in das Haus zurückzog und dabei vor Wut, so laut mit den Türen knallte, dass der Rest der Umgebung nun auch endlich wach war.

Noch am gleichen Tag sollte er für sein unmögliches Verhalten bestraft werden.

Denn am Abend, pünktlich zu der Zeit, wo der Vögel Abendserenade erklingt, saß er an einer Sitzgruppe unter *meinem* Baum, vertiefte sich völlig in seine Zeitung und trank dazu eine Tasse Kaffee, als das obligatorische Pfeifkonzert des „Federviehs," mit dem Auftauchen meiner Wenigkeit, abrupt beendet wurde.

Alles kam, wie es kommen musste. Die Gastsänger flogen heim, die Amseln schimpften so laut sie konnten und der „Steinchenwerfer," machte seinem Namen wieder alle Ehre.

Doch diesmal ließen sich die Amseln diese Unverschämtheit nicht bieten.
Auf ihrem Rückflug kreuzten sie, wieder laut schimpfend und in bedrohlichem Tiefflug die Sitzgruppe, an welcher der Unhold sich erneut niedergelassen hatte und wer gute Ohren hatte und diese auch nur ein klitzekleines bisschen spitzte, konnte ein leises Plitschen hören, als ein gewisses „Etwas" in seinem Kaffee landete.

41

Um den rot/schwarzen Fleck, auf dem weißen Hemd des Mannes, erkennen zu können, den eine der Amseln in ihrem Sturzflug hinterließ, bedurfte es jedoch nicht einmal guter Augen, geschweige denn einer Sehhilfe.
So groß war der Kontrast.

Uih, war der Mann vielleicht sauer. Zumal er sich für ein kulturelles Ereignis, das er später noch besuchen wollte, bereits mit weißem Hemd, schwarzer Hose und Krawatte, zurechtgemacht hatte.

Nun musste er sich hierzu wieder saubere Sachen anziehen und da er ja nicht mit einem solchen Zwischenfall rechnete und aus diesem Grund auch kein zweites, weißes Hemd dabei hatte, das der Tragweite eines solchen, feierlichen Abends gerecht werden könnte, blieb ihm nichts anderes übrig, als dass er sich ein, na sagen wir mal, dezent gemustertes Hemd überstreifen musste.

Die zu ihm gehörenden „Kulturinteressierten", welche zu dieser Szenerie hinzugekommen waren, nahmen den Vorfall belustigt auf und lachten den „Bekleckerten" nur aus.

Einer von ihnen meinte dann noch, dass ihm nur Recht geschah und dass man an diesem Beispiel mal wieder sehen könnte, dass das Sprichwort: „Kleine Sünden werden sofort bestraft", stimmt.

Der mittlerweile erneut, frisch „Gewandete" konnte nun auch wieder schmunzeln und bestens gelaunt zogen sie gemeinsam davon, um ihrem „kulturellen Hochgenuss" frönen zu können.

Soweit ich mich entsinne, handelte es sich um ein Konzert mit dem Titel: „In Memoriam – Ilse Werner singt und pfeift die schönsten Lieder."

Was bedarf es hier noch Worte!?

43

Meine manchmal total genervte „Zeitgenossin" kann auch ganz gut pfeifen.
Es sind zwar selten zusammenhängende Melodien zu erkennen, aber dafür hat sie einen ganz speziellen Weg gefunden sich abzureagieren, wenn sie sich wieder einmal maßlos ärgern musste. Sie steht dann da auf ihren zwei Beinen, stemmt die Hände in die Hüften, reckt ihren Kopf 'gen Himmel, schürzt die Lippen und entlässt aus diesen einen einzigen Pfeifton, der so schrill und so lang gezogen ist, dass man meinen könnte, sie möchte einen aus dem Haus, oder manchmal sogar aus der näheren Umgebung vertreiben.

Auf die Frage, was das denn soll, hat sie einmal zur Antwort gegeben, dass dies ihr „Überdruckventil" sei, so wie bei einem Schnellkochtopf und wenn es ihr einmal zuviel wird, lässt sie so einfach ihren Dampf ab. Klasse!

Wie gesagt, das alles zu können würde mir schon auch sehr gefallen.
Aber ich kann's halt nun mal nicht.

Meine Wenigkeit muss die negativen Aufladungen in alt herkömmlicher und für Katzen bekannte Weise abgeben, indem ich sie an einem Baum, einem Strauch oder auch an einem Stein einfach absteife, wie die „Zweibeinhaber" das mit einem alten Hausschuh tun.

44

Das ist für mich zwar überhaupt kein Vergleich mit der Fähigkeit pfeifen zu können aber immerhin besser wie nix. Außerdem weiß ich sehr wohl zu schätzen, dass ich mich die meiste Zeit im Freien aufhalten darf, gerade *weil* ich in so einer ruhigen Gegend, mit wenig Verkehr lebe.

Um so mehr finde ich es verwunderlich, dass ausgerechnet ich, der ich doch die meiste Zeit gesund bin, trotzdem oft einfach so dazu gezwungen werde, in den Henkelkorb zu steigen, nur um mich wieder von dem „Zweibeinhaber" mit dem weißen Kittel und seinen spitzen Spritzen, drangsalieren zu lassen.

Gut, wenn mir etwas fehlt, oder ich bin verletzt, dann sehe ich es ja gerade noch ein, dass ich da hin muss.
Aber was hat es für einen Sinn, ohne Grund so viel Zeit zu verschwenden und auch noch so viele bunte Scheinchen abzugeben, die offensichtlich von <u>allen</u> „Zweibeinhabern" nur ungern aus der Hand gegeben, umgekehrt jedoch sehr gerne angenommen werden?
Das wird mir wohl immer ein Rätsel bleiben, zumal *ich* mit diesen Papierschnipseln überhaupt nichts anzufangen wüsste.

Jedes Mal, wenn es wieder an der Zeit für solche Sachen ist, plappert mein „Michimmerdahinbringer" bereits Tage zuvor, von nichts anderem und bezeichnet diese Aktionen als „obligatorische Vorsorge".

Mein Name ändert sich für diese Zeit auch.
Ich heiße dann nicht mehr Herr Hämpfel, sondern werde nur
noch „Impfling" genannt.

Bei einem der letzten Besuche bei dem „Weißen",
fragte ihn mein „Impfpate", ob es wohl möglich sei, dass er
ihm für mich, eine Wundsalbe mitgeben könnte.
Der „Weiße" und ich, sahen ihn völlig verdutzt an und er
fragte, für was er denn eine Wundsalbe bräuchte, da mir
doch diesbezüglich gar nichts fehlen würde.
Doch der „Antragsteller" antwortete: „Nun ja. Der Herr
Hämpfel ist so faul und träge geworden. Er sitzt und liegt, Tag
und Nacht nur noch herum und wenn er sich doch einmal
kurz aufrappelt, dann nur um zu seinem Napf zu pilgern und
hernach vor Erschöpfung schon wieder zusammen zu
brechen. Deshalb dachte ich vielleicht, dass man ihn
vorsichtshalber mit Wundsalbe versorgen sollte, damit er sich
gar nicht erst wund legen kann."

Also so ein unverschämter Kerl. Das ist doch die Höhe!
Ich hab mich darüber tierisch aufgeregt, doch die beiden
klopften sich vor Lachen so auf die Schenkel, dass man Angst
haben musste, sie würden sich diese womöglich dabei
brechen.

Ha! Ha! Blöder Witz!

46

Auch „Sie" erlaubt sich hier und da mir gegenüber, gewisse Frechheiten.

Zugegeben, meist geht dem eine Geschichte voraus, in der ich sie zuvor schon ein bisschen geärgert hatte.
Beispielsweise, wenn ich dauernd zwischen ihren Füßen laufe und sie aufpassen muss, dass sie nicht über mich stolpert.

Oder wenn sie eigentlich gar keine Zeit für mich hätte, ich aber gerade dann, etwas zum Futtern, etwas zum Saufen, ein Ballspiel, meine Bürstenmassage, oder einfach nur ein paar Streicheleinheiten von ihr haben möchte.
Bevorzugt am besten *alle* diese Dinge, möglichst in dieser Reihenfolge und am liebsten auch noch sehr ausgiebig.

Ja und wenn sie dann eben mal wieder total abgenervt ist und ihr „Befreiungspfiff" auch nicht mehr weiterhilft, dann kommt sie daher mit ihrer Drohung.

Sie sagt dann immer, wenn ich sie weiterhin so reize, dann würde sie eines Tages, aus mir einen „Muff" machen lassen........

Ich als „Muff"? – Wie komisch!

Lange Zeit wusste ich gar nicht, was ein Muff ist und ich konnte eigentlich nur an ihrem Tonfall erkennen , *wie* sie es sagte, dass es bestimmt „nix Gscheits" (nichts Gescheites), sein konnte.

Aber durch des, dass es einer von den „Hausgästen", die da immer kommen und gehen, auch nicht wusste und nachfragte, was denn ein Muff sei, konnte auch ich in Erfahrung bringen, was ihrer Meinung nach aus mir werden sollte.

Es handelt sich hierbei um eine Art Handwärmer für „Zweibeinhaber", der aussieht wie eine flauschige Rolle, in die er von links und rechts die Hände reinstecken kann und sie so gegenseitig prima warm hält.

Mhh! Mag schon sein, dass ich mich recht warm und mollig anfühlen könnte, schließlich erfahre ich das bereits seit Jahren am eigenen Leib. Und ich glaube auch gerne, dass denen so etwas gefallen würde, aber aus mir ein solches Teil machen lassen zu wollen, also da bin ich......... da werde ich........ ich weiß ich gar nicht, was ich da noch sagen soll.........

Also da bin ich einfach nur noch sprachlos!

Zum Glück sollte sich auch diese Drohung nur als „Spassettel" (Spaß) herausstellen.

Aber warum immer auf meine Kosten? Das kann und will ich einfach nicht begreifen.

Eine sehr mysteriöse Geschichte ist die, mit den Walnussschalen.

Jedes Jahr, wenn es Herbst wird und die Bäume voller Früchte und Nüsse hängen, wiederholt sich eine sehr seltsame Begebenheit.

In *meinem* Hof, der überwiegend mit diesen vielen, kleinen Steinchen übersät ist, führt ein schmaler, geteerter Weg von der Straße quer über den Hof, bis hin vor meine Haustüre. Und genau auf diesem Weg finden sich eben just zur gleichen Jahreszeit immer wieder und alle paar Meter Walnussschalen.

Manche liegen halbiert da, andere haben nur ein Loch vorzuweisen und wieder andere sind ganz zerbröselt. Nur eines haben alle gemeinsam. Stets fehlt der Inhalt.

Lange Zeit konnte nicht einmal ich, der ich doch immerzu, (oder wenigstens zumeist), den Hof bewache, dieses Phänomen erklären.

Mein „Landschaftsgestalter" und seine Gehilfin blieben oft ratlos vor diesen „Überbleibseln" stehen, verschränkten ihre Arme, schüttelten (natürlich), mit ihren Köpfen und zuckten mit den Schultern.

Sie überlegten, wer um Himmels Willen, denn so etwas mache. Geht da einer von ihresgleichen mit einer Tüte Nüsse spazieren und schmeißt einfach die leeren Schalen hin?

50

Ist das womöglich ein ungezogener Hausgast und wenn ja, weshalb liegen die Schalen immer nur auf dem Teerweg, jedoch niemals, einmal abgesehen von einigen, wenigen Krümeln, im Schotter?
Stets wurden die Schalen von den beiden entfernt, doch ehe sie sich versehen, liegen wieder neue da.

Über viele Jahre konnte dieser Umstand nicht geklärt werden und auch noch so wache Augen und Ohren trugen nicht dazu bei, der Sache auf den Grund zu kommen.

Wieder einmal wollte es der Zufall, dass ausgerechnet *ich* des Rätsels Löser wurde.

An jenem Tag fühlte ich mich nicht gut und wie immer, wenn ich meine Ruhe brauche, zog ich mich auch diesmal in eines meiner vielen Verstecke zurück, um ungestört meiner Genesung nach zu kommen.
Doch diesmal verbarg ich mich nicht nur vor dem Sichtfeld aller „Zweibeinhaber". Oh, nein!
Meine Tarnung war nahezu perfekt und nicht einmal ein Adler mit seinen guten Augen hätte mich hier, unter der dichten, grünen Hecke, entdecken können.

Offensichtlich war das auch der Grund, dass ich so dem unbekannten „Nussschalenunhold" auf die Schliche kam.

Mein Erholungsschlaf wurde durch sehr seltsame, klackende Geräusche unterbrochen. Langsam öffnete ich die Augen und gaaaanz vorsichtig versuchte ich, mir durch die grüne Hecke, die mir so gute Dienste erwies, einen Einblick über den Hof zu verschaffen.

Es gelang mir, nahezu lautlos näher zu kommen und das leise Rascheln, das ich doch noch verursachte, wurde vom Herumgeklacker und Gezeter der „Ruhestörer" geschluckt.

Da mit mir, keines dieser Wesen gerechnet hatte, konnte ich nun aus meiner günstigen Position heraus, in aller Ruhe und Ausführlichkeit beobachten, um wen oder was es sich bei den „Nussknackern" handelte.

Wie gebannt saß ich da und traute meinen Augen nicht. Die Gefahr erkennend, die mir von diesen unheimlichen Kreaturen drohen könnte, veranlasste mich dazu, sofort ganz still und leise zu sein, um nicht den Unmut derselben auf mich zu ziehen.

Riesengroße, schwarze Krähen saßen da und schwirrten herum. Sie krächzten und klackerten, flogen ‾gen Himmel, kamen zurück und pickten mit ihren spitzen Schnäbeln auf die Nüsse ein.

Wenn sie in der Luft sind, dann haben ihre Flügel eine Spannweite, die locker vier mal so breit ist wie ich!
Und das will was heißen.
Das einzige, was an denen gering erscheinen mag, das ist ihr Kopf und dem entsprechend ging ich ja eigentlich davon aus, dass die höchstens einen Bruchteil von dem wissen, was ich weiß.

Aber da war ich dann doch überrascht, zu was *die* fähig sind und ich staunte nicht schlecht.
Um in den Genuss einer Nuss zu kommen haben sie sich folgendes einfallen lassen.
Mit der Walnuss im Schnabel überfliegen sie die Gegend und wenn sie sich genau über einer geteerten Straße befinden, dann lassen sie diese aus großer Höhe fallen und durch den Aufprall auf den harten Teer, werden sie eben geknackt. Einfach genial!

Den Weg von *meinem* Hof haben sie sich deshalb ausgesucht, weil hier nur wenige „Wesen aus Blech" herumfahren und sie auch anderweitig kaum gestört werden.
Das machen sie hier anscheinend auch nur, wenn sie sicher sind, dass sonst keiner da ist und das würde auch erklären, weshalb bisher noch niemand hinter dieses Geheimnis gekommen ist.
Doch dieses mal haben sie mich übersehen.

Aber ganz ehrlich. Vor mir bräuchten *die* sich nun wirklich nicht fürchten, denn die sind mir, für meinen Geschmack, ein paar Nummern zu groß.
Habe ich doch einen Heidenrespekt vor denen mit ihren riesigen Schwingen und scharfen Schnäbeln.
Froh und dankbar kann ich sein, dass sie mich nicht entdeckten, denn sonst hätte es vielleicht noch eine ganz andere Nuss zu knacken gegeben.

Voller Genugtuung darüber, dass ich der Entdecker dieses rätselhaften Phänomens sein sollte, wartete ich in meinem Versteck so lange, bis der Spuk vorüber war, während meine „Hofsauberhalter" bestimmt noch heute rätseln, wer oder was, für die zusätzliche Arbeit des Zusammenkehrens von Nussschalen verantwortlich ist.

Ich verrate es ihnen jedenfalls nicht, denn der Gedanke, dass ich nun ein „Geheimniskrämer" bin, gefällt mir viel zu gut.

Dass ich in der letzten Zeit zunehmend träge wirke, liegt nicht nur daran, dass inzwischen das große Holztor geschlossen gehalten wird und mich somit auch keine fremden, dahergelaufenen, bellenden „Vierbeinhaber" mehr stören können.

Die sorgten ja sehr oft dafür, dass ich, kaum aus dem Schlaf gerissen, blitzschnell reagieren musste und gezwungen war, aus dem Stehgreif einen Spurt hinzulegen, um mich in Sicherheit zu bringen.

Meine „Betreuer" konnten diese Aktionen sehr oft, anhand der Bremsspuren im Schotter ablesen und so die Gefahr erkennen, dass mich doch mal einer von diesen „Leinenlosen" erwischen würde.
Bei einem Fluchtversuch vor diesen Bestien, stieß ich mir ja meinen Kopf so dermaßen an, dass diesen eine klaffende Wunde zierte und ich nicht zum ersten und nicht zum letzten mal zu dem „Weißen" gebracht werden musste, damit der sich darum kümmerte.

Um weiteren Angriffen auf mich und den daraus ergebenden Missständen vorzubeugen, wurde also darauf geachtet, diese Gefahr so gering, wie möglich zu halten und eine Maßnahme war eben, dass das Tor geschlossen wurde, obwohl es alt, klapprig und ziemlich schwer zu bedienen war.
Vor allem im Winter konnte ich sehr oft hören, wenn es beim öffnen oder schließen, auf dem, von Frost und Eis geschwollenen Boden, entlang gescheuert wurde.
Doch für meine Sicherheit war meinen „Torwächtern" kaum ein Aufwand zu groß und ich konnte auf diese Weise *noch* entspannter leben und vor allem, in Ruhe schlafen.

Aber auch die Wetterkapriolen tragen sehr viel dazu bei, dass ich mich kaum noch bewegen möchte.

Oft ist es tagsüber schier unerträglich heiß, was mich jedoch, trotz meiner pelzigen Garderobe, manchmal nicht davon abhalten kann, ein ausgiebiges Sonnenbad zu nehmen.
Kurz darauf kommt es zu schweren Unwettern, (weil es doch so heiß war), wobei so viel Regen auf einmal herunter kommt, dass ich manchmal glaube, jemand schüttet mir mit Schwung, einen Eimer Wasser mitten ins Gesicht.
Und das stimmt wirklich.
Man gewinnt den Eindruck, dass das alles nicht von oben, sondern mehr so von der Seite her kommt.
Also so etwas. Da weiß ich immer gar nicht mehr, wo ich mich noch hin verkriechen könnte, um einigermaßen trocken zu bleiben, vor allem, wenn diese unmöglichen Wassergüsse, durch Blitz und Donner noch verstärkt werden.

Ein Zufluchtsort wäre ja eigentlich mein „Hämpfelhäuschen", aber so ganz alleine da drin, behagt es mir dann doch nicht immer und ich nutze es nur im äußersten Notfall.
Bevorzugt halte ich mich nämlich während eines solchen Unwetters, bei meinen „Unterkunftsleuten" in der trockenen Stube auf und da bleibe ich so lange, bis es aufgehört hat.
Doch die sind halt auch nicht immer da und dann kann ich noch von Glück reden, wenn der Regen Regen bleibt.

Es ist nämlich auch schon vorgekommen, dass die Regentropfen nicht mehr flüssig, sondern zu kleinen, harten Kugeln gefroren waren. Und die wenn mich treffen würden. Au Backe! Das könnte ja heiter werden.

Ach ja heiter. Das wird es in der Regel kurz nach so einem Schauer, der auch schon mal eine ganze Nacht dauern kann und die Temperaturen in den Keller stürzen lässt.

Meistens lockert es danach wieder auf und ein erneut, immer heißer werdender Tag, an dem ich dann wieder völlig schlapp herumhänge und zu keiner Tätigkeit irgend einer Art, Kraft, geschweige denn Lust hätte, steht bevor.

Aber ich glaube mein Gefühl trügt mich nicht, wenn ich behaupte, dass es den „Zweibeinhabern" an solchen Tagen, nicht viel besser zu gehen scheint.
Auch deren Bewegungen wirken dann oftmals *sehr* träge, die Schweißperlen rinnen nur so von ihren Köpfen herab und bei der geringsten Anstrengung schnaufen sie so schwer, als hätten sie einen ewig langen Marsch hinter sich.
Denen gegenüber bin ich schon sehr im Vorteil.
Zum Beispiel brauche ich nur zu warten, bis mir etwas zum Verzehr hingestellt wird, wohingegen die „Zweibeinhaber" selbst zusehen müssen, wie sie sich ihre Brötchen verdienen, was nicht zuletzt in mühsame Arbeit ausarten kann.
Und so etwas kenne ich halt überhaupt nicht. – Arbeit!

58

Diesbezüglich habe ich keinerlei Verpflichtungen und auch das freut mich unwahrscheinlich.

Ich kann den lieben langen Tag und auch die lange, dunkle Nacht auf meinem (Faul)-Pelz herumliegen und dösen. Und wenn ich hungrig oder durstig bin, gehe ich einfach zu meinen bestens gefüllten Näpfen und bediene mich.

Doch diese Trägheit, verbunden mit absolutem Nichtstun und chronischem Bewegungsmangel, sollte mir eines Tages zum Verhängnis werden.
Eigentlich fing der Tag ja ganz gut an. Die Sonne ging auf, die restlichen Wolken, die noch in den Bergen hingen, verzogen sich vollends und die Temperaturen kletterten nach oben.

Meine „gefiederten Freunde" ließ ich ihr Pfeifkonzert ohne Störung beenden, indem ich mich einfach nicht sehen ließ. Und nach meinem morgendlichen Reinigungsritual zog ich mich auf meinen Freisitz zurück, um mich in der Sonne zu aalen. Leider schlief ich wieder ein und das sollte ich bitter büßen müssen.
Wenn ich nur eine Ahnung davon gehabt hätte, was dadurch mit mir geschah. Ich würde nie wieder schlafen wollen.

Irgendwann erwachte ich durch fürchterliche Kopfschmerzen und als ich mich auf all meine „Viere" aufgerappelt hatte,

59

wurde mir auch schon schwindelig und ganz schwarz vor den Augen.

Mein Zustand war einfach unerträglich und völlig wackelig auf den Beinen versuchte ich so schnell wie möglich, zu meinen „Nothelfern" nach Hause zu kommen.

Doch kurz vor dem Ziel, sozusagen lediglich einen „Katzensprung" entfernt, versagten mir „Gehgestell" und Geist vollends und ich fiel ohnmächtig um.

Dummerweise befand ich mich zu diesem Zeitpunkt wieder unter der grünen Hecke und die gute Tarnung, die mir diese stets geboten hatte, war nun auch dafür verantwortlich, dass ich in dieser Notsituation ebenfalls nicht entdeckt werden konnte. Und deshalb war es auch niemandem möglich, mir zu Hilfe zu eilen und mich zu retten.

Ich muss wohl fast den ganzen Tag bewusstlos da herumgelegen haben, denn als ich wieder zu mir kam, stand die Sonne bereits so tief, dass die nähere Umgebung vollkommen im Schatten lag und obwohl es keineswegs kühl gewesen ist, fröstelte ich vor mich hin.

Erneut machte ich mich auf, die letzten paar Meter, die mir zu *meiner* Haustüre noch gefehlt hatten, hinter mich zu bringen. Erfreulicherweise konnte ich auf halber Strecke erkennen, dass meine „Hämpfelgarde" komplett angetreten war.

„Sie" stand da und sah sich um und „Er" saß auf *meinem* Liegestuhl und sagte gerade, dass er wisse, wo ich wäre, da er mich soeben entdeckt hatte.
Ich bin schon ganz nahe gewesen, als mir eine, für mich in meiner jetzigen Situation, schier unüberwindbare Hürde im Wege stand.
Der Komposthaufen.

Alle meine letzten Kräfte mobilisierend, sprang ich auf diesen und rutschte sogleich auf den, vom letzten Regen noch glitschigen, Holzleisten ab.

Obwohl ich doch unter normalen Umständen sehr gut auch auf schmalsten Graten wandern konnte, war ich hier nicht fähig, auch nur ansatzweise geradeaus weiterzugehen.
Wie ein Tollpatsch auf Glatteis rutschte ich auf den feuchten und dünnen Planken aus, verlor mein Gleichgewicht und nur die angrenzende Hausmauer verhinderte, dass ich herunter stürzte.

Mit groß aufgerissenen Augen sah ich meine zwei entsetzten „Zuseher" an und maunzte laut und herzerweichend in deren Richtung.
Den anschließenden Sprung auf den Boden konnte man als solchen nun wirklich nicht mehr bezeichnen.
Da ich mich nur noch fallen lassen konnte, wäre der Ausdruck: „Plumps", wohl treffender.

Die beiden sprangen erschrocken hinzu, standen sofort parat und kümmerten sich um nichts anderes mehr als mich.
„Er" hielt mich fest und tastete mich ab und bemerkte, dass ich unter meinem Körper etwas feucht war, doch beim Blick auf seine Hände konnte er kein Blut oder dergleichen erkennen.
Es musste wohl von den regennassen Holzplanken stammen und war somit vollkommen harmlos.

Doch was war dann verantwortlich für meinen Zustand?
Weshalb war mir so schwindelig und schummrig?
Und während ich noch so hin und her überlegte,
hatte „Sie" unterdessen, schon wieder meinen „Transportkäfig" geholt, in den ich auch sogleich gesteckt wurde.
Aber da es mir wirklich hundsmiserabel schlecht ging, war mir in diesem Moment *alles* recht und ich motzte nur ganz leise und jämmerlich vor mich hin.
Selbst wenn wir wieder zu dem „Weißen" mit seinen spitzen Spritzen fahren würden. Es war mir so was von egal.

Natürlich ging die Fahrt wieder da hin und selbstverständlich wurde ich wieder von dem „Weißen" in die Mangel genommen, der wie immer an mir herumgrabschte und mich untersuchte.
Seine Gesichtsmimik und auch die seiner Helferin, verrieten große Betroffenheit und schiere Ratlosigkeit.

Mein mich „Überbringer" stellte eine Frage nach der anderen.
Ob ich vielleicht vom Baum gefallen sein könnte, dass mich
eventuell einer mit seinem „Wesen aus Blech" angefahren
hätte, oder ob er es sogar für möglich hielt, dass man mich zu
vergiften versuchte?
Und allesamt wurden sie mit einem Achselzucken,
Kopfschütteln und dem Satz:
„Ja, durchaus, das kann auch möglich sein", beantwortet.
Eine eindeutige Diagnose konnte einfach nicht gestellt werden
und die Gesichter derer, die mich ansahen, wurden lang und
immer länger.

So kam es, dass ich bei diesem Besuch gleich zwei mal mit den
Spritzen traktiert wurde. Eine wäre dafür, um eventuelle Viren
zu bekämpfen und die andere sollte Blockaden in den
Blutbahnen beheben.
Es bliebe nichts anderes übrig, als abzuwarten und auf eine
positive Wirkung zu hoffen, die die Verabreichung der Spritzen
und den zusätzlich, mitgegebenen Pillen mit sich bringen
würde.

Na, denn mal Prost. Ich fragte mich, was das denn jetzt wieder
heißen solle, abzuwarten und zu hoffen?
War es wirklich so schlimm um mich bestellt?
Besteht denn überhaupt noch Hoffnung für mich?
Alleine die Tatsache, dass die zwei „Weißkittel" so seltsam
geguckt haben, ließ mich doch sehr daran zweifeln.

Aber da kennen die den „Herrn Hämpfel" schlecht.

Der wird es euch schon noch zeigen.

Es geht mir doch fa-bel-haft!

Alles, was mir im Anschluss an die Behandlung wieder gereicht wurde schmeckte vorzüglich und ich hatte wie zuvor, einen sehr guten Appetit, sei es auf meine Kräcker oder meine tägliche Milchration.

Und sogar das Batzfutter zählte von da ab zu meinen bevorzugten Leibspeisen.

Außerdem war ich auf dem besten Wege den Rekord im „Dauerschnurren" zu brechen und die Geräusche, die ich hierbei von mir gab, sollten sogar als neuer „Klingelton" verwendet und vermarktet werden.

Leider scheiterte dieser Versuch kläglich, an der Geringfügigkeit der Lautstärke.

Also frage ich: „Was soll mir denn da schon fehlen?"

Dass ich immer noch ziemlich rumgebollert bin, fiel mir selbst eigentlich gar nicht so auf.

Nur ab und zu, wenn ich mich zum Beispiel schütteln, oder mich mit meinem Hinterlauf am Ohr kratzen wollte, verlor ich noch das Gleichgewicht und landete auf meinem dicken Hintern.

Und einmal plumpste ich sogar, bei dem Versuch mich umzudrehen, mit voller Breitseite in meinen Wassernapf, der gleich neben meiner, soeben geleerten Kräckerschale stand. Das kam mir dann doch auch etwas seltsam vor und kurzfristig war ich etwas verunsichert.

Glücklicherweise war auch der Wassernapf so gut wie leer und deshalb wurde bei diesem „Fehltritt" weder ich, noch der Fußboden mit Wasser begossen.
Froh war ich auch darüber, dass nur meine „Krankenpflegerin" anwesend war, denn wenn jemand anderes meinen Fehltritt gesehen hätte, wäre mir das schon sehr peinlich gewesen.
Natürlich rappelte ich mich sofort wieder auf und hab so getan, als sei gar nix gewesen.
An den folgenden Tagen verbesserte sich mein Zustand immer mehr. Schon bald konnte ich wieder geradeaus laufen, also zumindest mehr oder weniger und auch die Kurven nahm ich, beinahe wieder mit gewohnter Eleganz.

Da sich bis heute nicht eindeutig klären ließ, um was es sich bei diesem Kollaps nun wirklich handelte, wird behauptet, ich hätte einen Schlaganfall erlitten.
Es wäre das Gleiche wie bei den „Zweibeinhabern".
Wenn die zu dick, zu faul und zu träge sind und sich zu wenig bewegen und/oder zu wenig Flüssigkeit zu sich nehmen, dann kann ihnen das genauso passieren.
Was immer das auch sein soll, es hat mir gar nicht gut gefallen.

Ein bisschen schief schaue ich jetzt zwar immer noch aus meinem Pelz und meine „Betreuer" tuscheln untereinander, dass sie sich da einen „schönen Schiefer" eingezogen hätten.

65

Schief ist englisch und englisch ist „in"?
Na prima!
66

Um mich für die gute Behandlung zu bedanken und vor allem, meine fortschreitende Genesung zu demonstrieren, machte ich eines Nachts wieder einmal eine Mäusejagd.

Es sollte die wohl ergiebigste Jagd meines ganzen Lebens werden und die keineswegs unerhebliche Ausbeute, verteilte ich über den kompletten Hof und darüber hinaus.

Die Maus, die noch am besten ausgesehen hatte und nebenbei erwähnt, auch die größte war, legte ich gleich mal auf die oberste Stufe der runden Treppe, und zwar mitten in den Weg, den alle, alle, alle kreuzen mussten, damit sich auch wirklich *jeder* der „Zweibeinhaber" davon überzeugen konnte, dass ich durchaus fit, gesund und voll funktionsfähig war.

Ja, ja. Die Optik alleine hat schon so manchen getäuscht. Ich seh vielleicht nicht so aus, doch ich fang jede Maus! Hi, hi. Die hatten ganz schön viel zu tun, um den Hof von den Beweisen meines nächtlichen Raubzugs zu säubern.

Auch wenn ich inzwischen ganz genau weiß, dass sie von meinen Geschenken wenig, beziehungsweise überhaupt nichts halten, war es mir die Sache wert, für kurze Zeit deren Unmut auf mich zu ziehen.
Ich weiß ja, wie ich mich wieder einschmeicheln könnte, wenn´s denn wär...........

67

In dem Glauben, die Sache mit dem Schlaganfall ausgestanden zu haben, widmete ich mich ab diesem Zeitpunkt, wieder Beobachtungen und Ermittlungen aller Art.

Es begab sich, dass ein neues Hoftor montiert werden sollte.
Wobei, so neu war es eigentlich gar nicht mehr.
Es stand ja schon ein ganzes Jahr lang im hinteren Teil des Hofes und wartete darauf, seiner Bestimmung gerecht werden zu können.
Doch das mangelnde Interesse der örtlichen Handwerker an einem Kleinauftrag, die das Zeug zum Umbau und Einbau desselben gehabt hätten, hat es gedauert und gedauert und gedauert......
Ich für meinen Teil dachte mir, dass wenn es aus Holz gewesen wäre, wie schon das alte auch, es gewiss mittlerweile bereits Wurzeln geschlagen und ausgetrieben hätte, so wie die Bäume und Sträucher es immerzu tun.
Nur die Tatsache, dass es ein wirklich wunderschöner Blickfang aus Eisen war, sollte es vor dem Schicksal bewahren, in Vergessenheit zu geraten und auf ewig vom Knöterich an der Gartenmauer, eingefangen zu werden.
Jedenfalls hatte es bereits einmal alle vier Jahreszeiten durchleben dürfen, bevor sich schließlich doch noch ein Schlosser daran machte, die passenden Halterungen anzubringen und es zu guter letzt, an den bereits vorhandenen Mauersäulen zu befestigen.

69

Die Anfangsarbeiten, für die er so komische Geräte mitbrachte, die einen blauen, heißen und lauten Strahl erzeugten, gingen ihm zunächst noch sehr gut von der Hand und die passenden Halterungen hatte er ratz-fatz montiert. So musste man den Eindruck gewinnen, dass die ganze Aktion sicher nicht sehr lange dauern würde.

Doch obwohl jetzt nur noch ein paar Löchlein ins Mauerwerk gebohrt werden mussten, um das Tor befestigen zu können und dies lediglich einen „Klacks" bedeuten konnte, zog ich es trotzdem vor, mich währenddessen vom Ort des Geschehens zurückzuziehen, um in ruhigeren Gefilden abzuwarten, bis die Normalität wieder Einkehr halten würde.

Und „schwupps", nach *nur* 4 Tagen, konnte ich auch schon die Vorzüge genießen, die das neue Tor mit sich brachte.

Diese sollten sich für alle als noch bequemer herausstellen, als es zuvor schon gewesen ist, denn das neue Tor war jetzt so leicht auf- und zuzumachen, dass diese Art von Sicherheit für Haus und Hof, (und vor allem für die mitgebrachten „Wesen aus Blech"), gerne auch von den „Zweibeinhabern", die da immer kommen und gehen, in Anspruch genommen wurde.

Was schließlich dazu führte, dass das Tor noch häufiger geschlossen war und ich *noch* träger und fauler wurde, als schon zuvor, da ich fortan so gut wie mit keiner bellenden Bestie mehr zu rechnen hatte.

Leider musste bald darauf auch ich erfahren, dass nicht alles gut ist, nur weil es danach aussieht.

Die körperliche Schiefhaltung, mit der ich seit meinem „Schlagerl" Vorlieb nehmen musste, war nie richtig weggegangen.
Meine Körperpflege ging mir mal ein bisschen besser und mal etwas schlechter von der Pfote.
Meistens bewerkstelligte ich diese im Liegen, da mir immer noch sehr oft schwindelig wurde.
Wenn ich zum Beispiel meinen Kopf schüttelte, verlor ich wieder beinahe mein Gleichgewicht und ich hatte zu kämpfen, dass ich nicht umfiel.

Um über diese körperliche Beeinträchtigung Herr zu werden, gewöhnte ich mir einfach an, stets etwas breitbeiniger als sonst da zu stehen.
Dieser Trick half mir sehr und täuschte oftmals über mein Gebrechen hinweg.

So! Mit dieser Standfestigkeit kann mich so schnell nichts
mehr umhauen.

72

Mein Speiseplan wurde ebenfalls wieder etwas aufgepeppt und seltsamerweise hatte ich überhaupt nichts mehr dagegen, dass es allabendlich eine kleine Portion Lachsfilet in Schlemmersauce gibt.
So wie damals, als ich diese Schluckbeschwerden hatte, wird es mit etwas lauwarmen Wasser verdünnt und ich muss zugeben, das schmeckt mir inzwischen so gut, dass ich mich den ganzen Tag auf diesen kulinarischen Höhepunkt freue.

Eigenartig. Da muss ich so alt werden, bis ich Depp endlich auf den Geschmack komme.
Ach ja, Geschmack. Da gibt es noch etwas, das ich jetzt auch täglich 2 mal gereicht bekomme und das nasche ich sogar besonders gerne.
Nur traue ich es mich halt gar nicht zu sagen, um was es sich dabei handelt.

Es ist mir direkt etwas peinlich, wo ich mich doch zuvor so abfällig über die Art und Weise geäußert habe, mit welchen Mittelchen damals der „Schwarze" mit dem roten Halsband unterstützt wurde.
Na jaaaaa.........
Also, wie soll ich es nur sagen??? Ach nee. Ich sag's lieber doch nicht. Geht ja auch keinen etwas an. Oder doch?
Also gut. Achtung!
Jetzt kommt's! Es sind Vitamin B Tabletten. O. K.?

V-i-t-a-m-i-n B T-a-b-l-e-t-t-e-n !!!!!

So, jetzt isses raus. Und alle wissens . Ja! Ich gebe es zu!
Ich, mit meinen erst 8 Jahren muss schon regelmäßig
Tabletten nehmen.
Ganz zu schweigen von den immer häufiger werdenden
Besuchen bei dem „Spritzengeber".
Es ist wirklich nicht zu fassen. Da denkt man, man
ist doch gerade erst geboren und noch so jung und gesund
und nach ein paar mal rumdrehen ist die Zeit verflogen,
wohin auch immer und die Tablettensucht hat einen fest im
Griff.
Als das damals mit dem „Schwarzen" anfing, war er ja
schließlich viel älter als ich.
Um genauer zu sein, er hatte nicht mehr lange.......
Oh weh. Hoffentlich ist das kein schlechtes Vorzeichen.
Das kann es doch noch nicht gewesen sein?
Ach neee. Mir fällt gerade ein, ich hab ja noch meine ganzen
Zähne.
Die fehlten ihm schließlich komplett.
Und ausgemergelt sehe ich doch auch nicht so richtig aus.
Oder? Nein. Nicht wirklich.
Na also, alles bestens. Ich hab noch viel, viel Zeit.....

So dachte ich jedenfalls. Bis zu dem Tag, als mich ein schwerer
Rückfall wieder anderes glauben lassen musste.

74

Obwohl der Vormittag beinahe schon um war, befand ich mich noch immer auf meinem Polsterstuhl, welcher mir bereits die ganze Nacht als Schlafplatz diente.
Als die Haustüre geöffnet wurde, erwachte ich endlich aus meinem Dämmerschlaf und wollte von meiner „Schichthaberin" die mir zustehenden Streicheleinheiten kassieren.

Dazu hätte ich von meinem Nachtquartier herunter springen und mich ihr rücklings in den Weg legen müssen, damit sie meine Wampe kraulen könnte.
Doch dazu war ich gar nicht fähig.
Ich kam einfach nicht von meinem Stuhl herunter, denn ich wusste nicht mehr, wo oben und unten ist.
Das war ja vielleicht wieder was.
Ich quengelte vor mich hin und versuchte irgendetwas zu erkennen, duckte mich unter der Armlehne durch und streckte mich nach vorne, zog meinen Kopf aber rasch wieder ein, weil ich Angst hatte mich zu stoßen.
Mit dem Totalverlusst meiner Orientierung und die Ausweglosigkeit erkennend, in der ich mich befand, jammerte ich nun noch lauter.

Die „Mirvertraute", welche mein Geheule hörte, eilte zu mir, nahm neben mir Platz und mit ihrem sanften Streicheln und gutem Zureden beruhigte ich mich wieder etwas.

75

Dann jedoch nahm sie mich auf den Arm und als ich spürte, wie ich erneut meine Bodenhaftung verlor, geriet ich sofort in Panik.

Ich zappelte und flatterte und schrie so lange, bis sie mich wieder los ließ. Zumindest hatte sie es durch diese Aktion soweit gebracht, mich wieder auf allen Vieren dastehen zu lassen.

Meinem Napf entgegen torkelnd und vollkommen zufrieden mit der Situation, wie sie jetzt war, schnurrte ich während meiner Brotzeit vor mich hin.

Im Anschluss daran, suchte ich mir jedoch ein stilles Plätzchen innerhalb des Hauses, wo ich meine Ruhe haben würde.

Unter der genauesten Beobachtung meiner „Wächterin", die mich dieses mal, ausnahmsweise gewähren ließ, kämpfte ich mich unter größter Mühe die rote Treppe hoch und ließ mich vor einer Türe nieder, vor der ich schon öfter heimlich gelegen hatte, wenn mich niemand beobachtete.

Offensichtlich war keiner von den „Zweibeinhabern" , die da immer kommen und gehen, im Haus, denn ich durfte eine ganze Weile ungestört ausruhen.

Nichts ist schöner, als wenn man seine Ruhe haben kann.

Erst als ich die vertraute Stimme meines „Nachhausekommers"
vernahm, schickte ich mich an, aufzustehen und ihm entgegen
zu gehen, damit ich ihn angemessen begrüßen könnte und mir
dadurch ein paar „Zwischendurchkräcker" verdienen würde.

Leider vermochte ich nicht herauszufinden, woher seine
Stimme kam.
Alles drehte sich im Kreise und die Bilder, die ich als solche
erkennen konnte, kamen mir sehr fremd und wirr vor.
Mir war fürchterlich schwindelig und als meine Pfötchen
abermals ins Leere griffen, zog ich sie auch gleich wieder
zurück.
Das hatte zur Folge, dass ich anstatt die Treppe hinunter, um
meinem „Kräckergeber" entgegenzukommen, immer weiter
hinauf gekrochen bin.
Ich kannte nur noch die eine Richtung nach oben, bis ich auf
der nächsten Halbstation vorsichtshalber stehen blieb, da mir
ein Luftzug verriet, dass sich unmittelbar vor mir eine neue
Gefahr auftat.

An dieser Stelle gibt es eine große durchsichtige Scheibe, die
viel Helligkeit in das Treppenhaus lässt und zwischen dieser
Scheibe und dem Treppensims war ein Spalt, gerade so groß,
dass ich gnadenlos in die Tiefe fallen würde, sollte ich es wagen,
darüber zu treten.
Daher kam also der unheimliche Luftzug.

Nichts in der Welt hätte mich dazu bringen können noch irgendwohin zu gehen und so blieb ich einfach auf der Stufe sitzen, auf der ich mich gerade befand und versuchte ein bisschen erholsamen Schlaf zu finden.

Während ich vor mich hin dämmerte, drangen einige Wortfetzen von den beiden zu mir.
„Sie" erzählte gerade, dass mit dem „Herrn Hämpfel" wieder etwas nicht stimme und „Er" erließ daraufhin die Order, mich zunächst da sitzen zu lassen, wo ich war.

Als sie später an mir vorüber gehen musste, drehte sie sich dann doch noch einmal um und kam zu mir zurück.
Sie war wohl auch nicht ganz zufrieden mit meinem gefährlichen Liegeplatz und überlegte, wie sie mich in Sicherheit bringen könnte.
Doch als sie mich wiederum hochnehmen wollte, versuchte ich mich in dem roten Velours festzukrallen, was jedoch lediglich eine Zeitverzögerung bedeuten sollte.

Wie wild fuchtelte und zappelte ich um mich, und dabei musste ich sie wohl etwas an ihrem Arm und am Hals gekratzt haben, woraufhin sie mich wieder los ließ.
Immerhin schaffte sie es, mich bis vor die Türe zu heben, vor der ich zuvor gelegen hatte. Und obwohl, dass ich sie doch verletzt haben musste, sprach sie beruhigend auf mich ein und streichelte mich.

Mein dankbares Schnurren erschallte im ganzen
Treppenhaus und sichtlich erleichtert zog sie von dannen.

Nach einer Weile kam mein „Krisenmanager", kniete sich
vor mich hin und begutachtete mich.
Mir schwante bereits Übles und kurz darauf bestätigte sich
diese Vermutung. Auch er packte mich mit seinen großen
Händen und obwohl ich wieder alles mögliche versuchte,
mich aus seinem Klammergriff zu befreien, gelang es ihm,
mich bis nach unten zu tragen.
Dank seiner langen Arme, die er mit mir darin, weit von sich
hielt, konnte ich ihm nichts anhaben.

Nicht, dass ich falsch verstanden werde.
Es lag keinesfalls in meiner Absicht, einen von den beiden
verletzen zu wollen. Nichts liegt mir ferner. Nur es war
einfach so ein furchtbares Gefühl, nicht zu wissen, wo man
ist, wer man ist und *warum* man da ist, wo man ist.
Wo ist oben? Wo ist unten? Und wo ist vorne? Und wo
hinten? Also wirklich ganz, ganz schlimm.

Auf dem Fußboden angekommen, machte ich mich platt
wie ein Pfannenkuchen, streckte alle Viere von mir und
krallte mich gaaaanz fest an den kleinen Teppich, in der
Hoffnung, dass ich nie, nie wieder in meinem ganzen Leben,
von irgend jemandem hochgehoben werden konnte.

Nie wieder will ich von diesem wunderbaren Teppich
heruntergehoben werden.

Hat alles nix genützt. Der Transportkorb wurde geholt, ich hinein verfrachtet, eine kurze Reise unternommen und wo, sollte es wohl hingehen? Eh klar. Zum „Weißkittel".

Dort kannte man mich ja schon ganz gut und nach den üblichen Formalitäten, musste ich wieder die verschiedensten Untersuchungen über mich ergehen lassen.

Mein rechtes Ohr, welches schon seit längerem etwas schlaff in der Gegend herum hing, wurde intensiv unter die Lupe genommen, da sich der Verdacht erhärtete, es könnte sich darin vielleicht etwas festgesetzt haben, was da nicht hingehört und welches meine Gleichgewichtsstörungen hervorgerufen haben könnte.
Auch wäre es als Verursacher für meine Zuckungen in Frage gekommen, doch leider wurde nichts dergleichen gefunden und die Hoffnung, dass man dieses Übelchen nach seiner Entdeckung einfach entfernt hätte und ich so geheilt worden wäre, schwand dahin.

Die anderen Tests blieben ebenso erfolglos und meiner „Leibwache" konnte nicht gesagt werden, was mir nun wirklich fehle.
So setzte man erneut auf die Spritze, die sich zuletzt als sehr hilfreich erwiesen hatte und meinem „Mittelsmann" wurden wieder Tabletten mitgeben, die er mir alle paar Tage unter die „Kräcker" mischen sollte.

83

Dazu kann ich verraten, dass es mir bereits am nächsten Tag schon wieder ganz gut ging und auch der Appetit war zurückgekehrt.

Allerdings versuchte ich die Einnahme der „Schmuggelware" zu verweigern, indem ich die weißen Kügelchen einfach mit meinem Schnäuzchen aus dem Futternapf heraus schnickte und versuchte, diese hinter dem Tischbein zu verstecken. Doch meine „Pillendreher" fanden sie dann doch immer wieder und es gelang ihnen letzten Endes stets, mich zu überlisten, sodass ich sie früher oder später doch noch zu mir nahm.

Aber dafür hatte ich keinen Rückfall mehr und mit der kleinen „Schieflage", die mich wahrscheinlich für immer begleiten wird, mein Aussehen jedoch nur geringfügig beeinträchtigt, komme ich inzwischen auch ganz gut zurecht.

Nicht selten wird diese eigenartige Körperhaltung als trollig, oder gar als „liab" bezeichnet und ich habe hierdurch, so manchen Fan hinzu gewinnen können.

Das beste Beispiel hierfür wäre Brigitte, eine Freundin des Hauses und obwohl sie selbst auch eine „Morli" bei sich daheim hat, ist sie jedes mal, wenn sie mich sieht, ganz „hin und weg".

84

Willkommen im „Hämpfel-Fanclub"

Auch breitbeinig mit dem Kopf zu schütteln, ist mir inzwischen schon in Fleisch und Blut übergegangen.

Eine telefonische Rücksprache meines „Krankenbetreuers" mit dem „Weißkittel" stellte sich schließlich für alle Beteiligten befriedigend dar.
Er erzählte ihm, wie es mir erging und der „Weiße" war hörbar erleichtert und äußerst zufrieden, dass die Arznei so gut ansgechlagen hatte.
Leider muss ich nun schon wieder gestehen, dass nun auch diese Tabletten zu meinem Leben dazugehören und mir nach wie vor, alle paar Tage unter meine Kräcker versteckelt werden.
Doch wenn es der Sache dienlich ist, warum nicht?
Soll mir im Leben nichts schlimmeres passieren. Oder?

Tja, und nun, da sich auch dieses Büchlein dem Ende entgegen neigt, möchte ich es nicht versäumen, die fantastische Geschichte zu erzählen, die mir zuletzt noch widerfahren ist.

Eines Abends, es war schon dunkel, verließen meine beiden „Versorger" das Haus um noch eine „Luftrunde" zu gehen und sich mit Freunden zu treffen.
Wie so oft, folgte ich ihnen ein Stückchen.

Zunächst quetschte ich mich unter dem neuen Gartentor hindurch und trottete ihnen hinterher. Sie blieben zwar kurz stehen und sagten zu mir, ich sollte doch wieder nach Hause gehen, aber ich hör doch nicht auf *die da*.

Also folgte ich ihnen noch ein kurzes Stück und als sie schließlich um eine Ecke bogen und deshalb für mich außer Sichtweite waren, entschloss ich mich dazu, eine neue Richtung einzuschlagen und mal ganz leichtsinnig dahin zu gehen, wo ich noch niemals gewesen bin.

Ich streifte mehr oder weniger ziellos umher, bis ich in einer Seitengasse angekommen, plötzlich, wie angewurzelt stehen blieb.
Auf einem Gartenpfosten saß einer meiner Sorte und starrte zu mir herüber.

Als er herunter sprang und wir uns Auge in Auge gegenüber standen, dachte ich:
Ja, spinn ich denn? Vor mir stand auf einmal etwas, das kam mir sehr, *sehr* bekannt vor.
Und wenn ich nicht gewusst hätte, dass ich *hier* stand, würde ich behaupten, das was *da* stand, wäre „*Ich*"!

Der gleiche Kopf, die gleichen Augen, die gleiche Mimik. Die selbe Maserung im Pelz. Ein Spiegelbild vielleicht?

Ja, wer bist *Du* denn?

Gewiss! Das *musste* eines sein.
Es war ja auch so wie immer, wenn ich in eine Pfütze blickte
oder vor einer spiegelnden Scheibe stand.

Guckte ich nach links, bewegte sich mein Gegenüber auch
dahin, guckte ich nach rechts, kam mir das vermeintliche
Spiegelbild auch dahin nach.
Doch etwas stimmte nicht.

Wir spielten dieses seltsame Spiel noch eine ganze Weile,
und es war wohl mehr die Unsicherheit, wie ich mich nun
verhalten sollte, dass ich vorerst keine größere Veränderung
dieses Zustandes heraufbeschwor.
Das, was da vor mir saß machte mit und dachte sich
offensichtlich das gleiche.

Wir saßen da und glotzten uns nur noch an.
Glotzten und beobachteten uns gegenseitig, um heimlich
feststellen zu können, was da jetzt, hier gerade vor sich ging.

Nun wurden mir die verschiedensten Bewegungen
vorgemacht und irgend etwas in meinem Inneren zwang
mich dazu, meinerseits genau das zu tun, was *„Das da"*
auch tat.

Irgendwann jedoch reichte es mir und ich wuchs wieder
einmal , (mutig, wie ich halt emal bin), über mich hinaus.

89

Ich begann also selbst wieder mit einigen Gesten die, so vermutete ich, für diese geisterhafte Erscheinung doch viel zu schwierig wären.
Gleichzeitig befürchtete ich aber auch, dass wenn das jetzt doch auch „Ich" sein sollte, was würde „Es" dann davon abhalten, die Bewegungen nachmachen zu können?
Denn das würde doch bedeuten, dass „Er" oder „Es" auch das kann, was ich kann, wenn „Ich" es dann doch bin.
Absurd, diese Gedanken – da soll mal einer mitkommen.

Man kann es drehen und wenden, wie man will, wenn ich dem Spuk ein Ende bereiten wollte, musste ich es ausprobieren.
Ich fing also zunächst mit einfacheren Gesten an, die sich zunehmend schwieriger gestalten sollten.

Doch so weit musste ich dann doch nicht mehr gehen, denn das „unbekannte Wesen" entpuppte sich letzten Endes und schneller als gedacht, als etwas, was nicht „Ich" bin.

Schon zu Beginn dieser „Probe aufs Exempel", konnte ich nämlich Unregelmäßigkeiten, bezüglich der Geschwindigkeit meines Gegenübers, feststellen.
Die Bewegungen erfolgten zwar immer noch genau so, wie ich sie vorgab, jedoch bei genauerer Betrachtungsweise, fiel mir dann doch, eine kaum merkliche Zeitverzögerung auf.

Nun begann ich mit Phase II.
Diese bestand darin, mein Augenmerk auf das pure Äußere
zu lenken, um eventuell noch irgend welche optischen
Unterschiede feststellen zu können.
Und auch hierbei wurde ich fündig.
Von der Statur her war „Es" zwar immer noch von der
gleichen Bauart wie ich.
Also im Grunde genommen und verglichen mit den
„Zweibeinhabern", eigentlich ein eher kleineres Lebewesen.
Jedoch im Verhältnis zu dem inzwischen angefutterten und
somit auch dazugehörigen, großen Bauchumfang, eben
geringschätzig als „gwampert" bezeichnet, oder einfacher
ausgedrückt, auch „Bröckele" genannt.

Doch das Fell meines Spiegelbildes war, im Gegensatz zu
meinem eigenen, keineswegs so gepflegt und glänzend und
je länger ich es ansah, desto zerzauster kam es mir auch vor.

Und dann fiel mir das wichtigste Detail überhaupt auf.
Es war der Kopf. Denn der meines Spiegelbildes passte
irgendwie viel besser zu seiner Figur, als der meinige zu mir.

Es war das Größenverhältnis, das „Es" als proportional
ausgewogener erscheinen ließ, wohingegen ich ja stets als
übergewichtig dargestellt werde, nur weil mein Kopf einfach
etwas zu klein geraten ist.

Durch die Fehlbehandlung von damals, war er ja im Wachstum (aber nur, was die Größe angeht), stehen geblieben, während mein Leib, die zu meiner Rasse durchaus, dazugehörige, oder doch zumindest nicht unübliche Form, annahm.
Ungerechterweise sehe ich deshalb immer viel dicker aus, als ich es eigentlich bin, denn wenn sich mein Kopf auch entsprechend normal entwickelt hätte, würde das „Mengenverhältnis" ja wieder einigermaßen stimmen.

Ja, ja! Da kann von mir aus ruhig jeder drüber lachen.
Das stimmt fei wirklich.
Zumindest ich, bin von dieser Theorie fest überzeugt.

Doch halfen mir diese Überlegungen in dem Moment, also jetzt gerade, auch nicht weiter.
Ich musste unbedingt in Erfahrung bringen, wer oder was diese Erscheinung hier, vor meinen Augen war.
So fing ich nun an, meinen Geruchssinn zu gebrauchen und schnupperte und schnupperte und *was* ich da schnupperte, das war, also, wie soll ich sagen? Das war irgendwie ------ gut!

Gut, weil vertraut.
Was war das? Und wer bist Du?
Ich schloss meine Augen und konzentrierte mich auf den Duft.

92

Meine Gedanken schweiften kurzfristig weit zurück in die
Vergangenheit, als ich noch klitzeklein und ganz frisch war
und die Welt mit ihren Geheimnissen und Plänen für meine
Zukunft noch in weiter Ferne lagen.
Mit 4 oder 5 anderen jungen, fast noch blinden Kätzchen, lag
ich da, in einem dunklen, kühlen Eck, auf einer Mischung
von alten, zerrissenen Fetzen und stacheligem Stroh, das mit
Haaren durchwirkt war.

Wir alle quietschten vor Hunger und trampelten gegenseitig
aufeinander herum, stets bestrebt, der oberste und somit der
erste zu sein, der etwas zu Futtern bekäme.

Offensichtlich war mir der Hunger und deshalb auch die
ewige Suche nach etwas Fressbarem in die Wiege gelegt
worden.
Denn just in diesem Moment war mir klar geworden, wo ich
herkam und weshalb ich aus meinem Nest geflohen bin.
Ich wurde einfach nie satt!

Plötzlich war sie da. Die Erkenntnis.
Wie ein Blitz fuhr es in mich und ich stellte fest: Das was mir
da gegenüber saß und mich ebenso interessiert anstarrte wie
ich das mit ihm tat, war.......

Meine Schwester!!!!!

So viele Jahre sind vergangen und so viel mussten wir *erleben* und *überleben*, bis wir uns endlich wieder gefunden hatten.

Übergroß war die Freude und entsprechend herzlich fiel die Begrüßung aus.

Voller Verwunderung stellten wir fest, dass wir all diese Jahre quasi nebeneinander lebten, ohne uns jemals zu begegnen. Wir hatten uns ja sooooo viel zu erzählen und als uns schließlich und endlich die Augendeckel drohten zuzufallen, verabschiedeten wir uns.
Jedoch gingen wir dieses mal nicht auseinander, ohne uns gegenseitig zu versprechen, dass wir uns ab sofort regelmäßig besuchen würden, um die viele Zeit nachzuholen, die wir versäumt hatten.

Müde, aber überglücklich und beschwingt, hämpfelte ich nach Hause.
Ich freute mich bereits auf das nächste Wiedersehen mit *meiner* Schwester und mit einem friedlichen und äußerst zufriedenem Lächeln auf meinem Gesicht, schlief ich ein.

Als meine „Tourengeher" spät in der Nacht ebenfalls nach Hause kamen, träumte ich bereits von nur noch schönen Dingen, die mir in meinem weiteren und hoffentlich noch langem Leben, widerfahren sollten.

Anna Dorb
Autorin von: *Neues von Herrn Hämpfel*

Hat Ihnen dieses Büchlein gefallen?
Dann sei Ihnen an dieser Stelle
der Vorgänger

"Haben Sie den Herrn Hämpfel gesehen?"
Erzählungen eines immermüden Nimmersatt

wärmstens ans Herz gelegt:

Books on Demand www.bod.de
ISBN: 978-3-8370-3165-2